El Sol, la Luna y el Agua

UN CUENTO DE NIGERIA

EDICIONES
ekaré

Edición a cargo de Verónica Uribe

Dirección de arte: Iván Larraguibel
Diseño: Ángeles Vargas y Verónica Vélez

Primera edición, 2015

Av. Luis Roche, Edif. Banco del Libro. Altamira Sur. Caracas
1060. Venezuela

C/ Sant Agustí, 6, bajos. 08012 Barcelona, España

www.ekare.com

ISBN 978-84-943038-8-3 · Depósito Legal B.12426.2015

Impreso en Barcelona por Comgrafic

EL SOL, LA LUNA y EL AGUA

Un cuento de Nigeria

Versión de Laura Herrera
Ilustraciones de Ángeles Vargas

Ediciones Ekaré

Hace muchos muchos años, cuando los animales hablaban
y las cosas de este mundo no eran como son hoy, el Sol y la Luna
vivían en la Tierra.

Todas las tardes, el Sol y la Luna iban a jugar
a la casa del Agua.
Pero el Agua no iba nunca a la casa del Sol y la Luna.
–¿Por qué? ¿Por qué nunca vas a nuestra
casa? –le preguntó un día el Sol.

Y el Agua le contestó:

–Porque yo tengo muchos parientes,
mi familia es muy grande. Y adonde
yo voy van todos ellos.

Entonces el Sol le dijo:

–Pues voy a agrandar mi casa
para que todos quepan.

–Muy bien –dijo el Agua–. Veremos.

El Sol se puso a trabajar. Le hizo un segundo piso a su casa y le preguntó a la Luna:

–¿Estará bien así?

Y la Luna cantó:

> No, no, no.
>
> El Agua no va a caber.
>
> Más grande tiene que ser.

Entonces el Sol construyó un tercer piso.

–¿Estará bien así? –le preguntó a la Luna.

Y la Luna le cantó desde abajo:

No, no, no.

El Agua no va a caber.

Más grande tiene que ser.

El Sol construyó un cuarto piso.
Estaba tan cansado que dijo:
—Ya basta. Ya es hora de que
venga el Agua a visitarnos.

Al día siguiente, llegó el Agua y entró al jardín.

Desde allí llamó al Sol:

–¿Puedo pasar?

Y el Sol le dijo:

Sí, sí, sí.

Bienvenida ¿cómo estás?

Puedes pasar, puedes pasar.

El Agua entró entonces a la casa del Sol
y llenó el primero y el segundo piso con algas,
pequeños peces, tortugas y corvinas.
–¿Puedo seguir entrando con mi familia? –preguntó
el Agua nuevamente.
–Por supuesto –dijo el Sol, aunque estaba
algo sorprendido. Y cantó:

Sí, sí, sí.

Puedes seguir, puedes seguir.

Es por aquí, es por aquí.

El Agua siguió entrando y llenó
todo el tercero y el cuarto piso
con grandes peces, ballenas y delfines.
Había tanta agua que el Sol y la Luna
tuvieron que subir al techo de la casa.

–¿Y ahora qué haremos? –exclamó la Luna.

–Tendremos que saltar –contestó el Sol.

–¡Uy! ¡Uy! –dijo la Luna.

Y el Sol y la Luna dieron un salto tan grande
que los llevó hasta el mismo cielo. El Sol
se fue hacia un lado y la Luna hacia el otro.

Desde entonces, el Sol y la Luna están
allá arriba en el cielo, y el Agua se quedó
acá abajo, en la Tierra.

Pero, a veces, cuando cae la tarde,
el Sol se acuerda de su amiga el Agua, y baja a verla
porque todavía tiene ganas de jugar con ella.

El Sol, la Luna y el Agua es un cuento muy popular del folclore
nigeriano y ha sido traducido y publicado en muchas lenguas.
Esta versión incluye unos versos a los que se les puede poner música,
porque dicen los cuentacuentos de Nigeria que una historia
siempre queda mejor si se le suman cantos,
ritmos y bailes.